ACADÉMIE FRANÇA

M. DE FÉLETZ *ayant été élu par l'Académie française à la place vacante par la mort de M.* VILLAR *, y est venu prendre séance le 17 avril 1827, et a prononcé le discours suivant :*

MESSIEURS,

UNE des idées qui s'offre le plus fréquemment à l'esprit de tout Français dont l'éducation a poli les mœurs et le caractère, et dont l'instruction a développé et exercé l'intelligence, c'est celle de l'Académie française : à ce seul mot, à ce simple souvenir, sont réveillées dans les âmes toutes les pensées de gloire, de renommée, d'avenir et d'immortalité, qui sont le brillant cortége des lettres, et dont l'éclat rejaillit sur ceux qui les cultivent avec un rare succès. Dans la province l'éloignement accroît peut-être encore la chaleur et la vivacité de ces sentimens; à Paris une présence habituelle et des solennités fréquentes les renouvellent et les reproduisent plus souvent : justes, légitimes, naturels, ces sentiments subsistent toujours sans doute dans tous les esprits bien faits et éclairés; mais, il faut l'avouer, c'est dans la jeunesse, c'est à cet âge où les impressions sont si ardentes, où une première culture des lettres fait regarder la célébrité littéraire comme le terme le plus élevé de la gloire, et où la gloire a un si puissant attrait, que l'Académie française est entourée de plus de respects, d'admiration et d'hommages.

S'il m'était permis, Messieurs, d'en juger par ce que j'éprouvais moi-même, et que je me représente avec cette fidélité qui n'abandonne jamais le souvenir de tout ce qui nous a profondément frappés dans nos jeunes années, j'oserais peindre à vos yeux l'enthousiasme dont j'étais pénétré lorsque le nom et la pensée de l'Académie française s'offraient à mes regards et à mon esprit, soit dans mes lectures, soit dans mes études, soit dans mes conversations, ou par toute autre circonstance : je la contemplais dans son origine ; je la suivais dans sa durée de moins de deux siècles, espace de temps assez court à la vérité, mais que l'illustration et la gloire semblent avoir agrandi, et qui est aussi, chose remarquable ! celui où sont renfermées la gloire et l'illustration des lettres françaises. Je la voyais établie et fondée par un de nos plus célèbres et de nos plus habiles ministres ; et parmi tant d'événements qui signalent l'administration de ce génie actif, de cet homme puissant, parmi tant d'institutions qui datent de la même époque et sont l'ouvrage du même homme, la seule peut-être qui, de son temps et dans les siècles qui l'ont suivi, ait obtenu un applaudissement constant et sans mélange de censure et de blâme. Je la comptais parmi les grandeurs du grand siècle de Louis XIV. J'admirais cette suite non interrompue de grands écrivains dans tous les genres, d'illustres poètes, de sublimes orateurs, de rares génies qui, dans ce premier âge de sa création et dans le suivant, tous deux si féconds et si brillants, n'ont cessé de l'illustrer et par leurs noms glorieux et par leurs ouvrages immortels ; j'admirais surtout ces ouvrages qui la plupart sont des chefs-d'œuvre, rappelant ainsi à ma mémoire toutes les palmes et tous les triomphes de l'Académie française, c'est-à-dire son histoire tout entière.

Ce n'est pas sans motif, Messieurs, que je vous présente ici une esquisse fort imparfaite, mais que vous pouvez juger encore plus inutile des sentiments qui, dans des temps déjà assez éloignés, m'ont animé et n'ont cessé de m'animer envers l'Académie française. Parmi ceux que dans vos élections vous honorez de vos suffrages et que vous associez à vos travaux et à votre gloire, il n'en est point qui, en entrant dans ce sanctuaire des lettres que vous venez de leur ouvrir, ne protestent que c'est pour eux un honneur inattendu, une faveur inespérée; que d'eux-mêmes ils n'eussent jamais osé porter jusque là la témérité de leurs vœux et de leurs espérances. Il faut le dire, le public ne croit pas toujours à ces discours si humbles, à ces déclarations si modestes. Malgré une incrédulité si décourageante, je vais cependant faire, à mes risques et périls, mais avec une entière franchise, les mêmes protestations : il m'a semblé que le seul moyen, s'il y en a un, de vaincre cette incrédulité, c'était de bien établir la haute opinion que je m'étais toujours formée de l'Académie française. Quand on s'est fait une si juste idée de ce qu'elle a valu dans tous les temps, de ce qu'elle vaut toujours, il faudrait s'estimer beaucoup soi-même pour croire avoir le droit d'en faire partie.

Non, Messieurs, je ne m'estimais pas jusque là; mon amour-propre n'avait point ainsi abaissé devant moi les barrières de l'Académie, ni franchi les distances et les bornes qui semblaient toujours devoir me séparer de vous. Si dans les temps dont je vous entretenais tout à l'heure quelqu'un de mes jeunes camarades m'eût annoncé une destinée si glorieuse, j'aurais regardé un pareil pronostic, non comme le langage de la flatterie (je n'étais pas fait pour être flatté, et l'on n'est point flatteur à cet âge), mais comme celui d'une prévention ridicule ou de la moquerie. Plus tard, lorsque toutes les ambitions dont on est susceptible se développent, lorsqu'il faut jeter les fondements de tous les plans qu'on se propose, de tous les édifices que l'on prétend élever, de toutes les fortunes auxquelles on ose aspirer, je ne faisais rien de ce qui peut donner des titres, de ce qui peut conduire à l'Académie ; j'imitais d'un de vos fondateurs, de votre premier secrétaire perpétuel, *le silence prudent ;* je lisais vos écrits, Messieurs ; mais je n'écrivais point ; pas une seule ligne sortie de ma plume n'avait été publiée à cet âge où quelques-uns d'entre vous ont été admis dans vos rangs, portés par la renommée de leurs ingénieux, spirituels et élégants ouvrages.

Toutefois, Messieurs, j'aimais les lettres ; je les cultivais obscurément, mais constamment : elles avaient fait ma consolation dans de grandes infortunes, toutes les fois du moins que ces infortunes n'étaient point arrivées à ce point intolérable, où cette consolation même m'était interdite.

Lorsque des jours moins malheureux se levèrent sur la France, et qu'elle put respirer d'une vile et sanglante oppression, le Français revint à ses goûts, dont un des plus chers a toujours été celui de la littérature et de tous les arts qui s'y rattachent. Une jeunesse ardente se précipita dans cette carrière ; mais l'esprit, le talent, le génie même ont besoin de règles, de modéles, de traditions ; tout dans une longue et cruelle interruption

(5)

avait été oublié, tout était méconnu. Vous jugez, Messieurs, ou plutôt vous vous rappelez les écarts et les aberrations de cette nouvelle génération littéraire. Il n'appartient qu'au poète de s'écrier que l'indignation le force d'écrire ; je me contenterai de dire que les intérêts du goût, et des intérêts plus chers encore, outragés, inspirèrent mes premiers écrits.

Dans les différentes carrières où s'exerce l'art d'écrire, je choisis donc le genre, dirai-je modeste, dirai-je orgueilleux, de la critique ? On peut, selon les diverses dispositions où l'on est à son égard, lui donner ces deux qualifications : elle est modeste, car elle s'interdit les compositions vastes et élevées, l'invention, la création, premières et grandes ambitions du talent et de l'écrivain qui pense toujours en avoir ; elle rejette les pompes oratoires du style, les figures hardies et brillantes de l'élocution, le langage animé et pathétique des passions : elle est orgueilleuse, puisqu'elle décide, tranche, blâme, censure, applaudit, s'érige en juge, appelle à son tribunal et prononce des arrêts. Quoi qu'il en soit, s'adonner à ce genre ce n'était pas, ce semble, prendre le chemin de l'Académie ; c'était plutôt s'en éloigner si vous n'étiez généreux. Mais vous l'êtes, Messieurs ; je ne puis guère douter que je n'en sois la preuve, et j'aime à le reconnaître et à le publier. S'il ne m'est pas permis de pénétrer dans le mystère de vos élections, il ne m'est point défendu de conjecturer, de deviner même tels de vos suffrages qui m'ont été accordés, qui attestent cette générosité, et qui excitent en moi une reconnaissance particulière, au milieu de la reconnaissance générale dont je suis pénétré à l'égard de l'Académie entière.

Mais si vous avez été généreux à mon égard, vous

n'avez été que justes envers la critique, dont il semble que vous ayez voulu récompenser en moi les services et les bienfaits. Qu'il me soit permis , Messieurs, de les ploclamer, et de m'étendre un peu sur le bien qu'elle a fait, en reconnaissance de ce qu'elle m'a valu une glorieuse adoption parmi vous.

J'observerai d'abord que, dans tous les temps, cette illustre compagnie a honoré de ses suffrages, et admis parmi ses membres, des hommes de lettres qui avaient fait de la critique le principal objet de leurs études et de leurs écrits. Dans un des discours les plus ingénieux qui aient été prononcés au sein de l'Académie , dans sa première jeunesse, à cette époque où le but de son institution était si bien connu, si fidèlement atteint, et où brillaient tant de talents et de génie, La Bruyère, faisant avec un juste orgueil l'énumération de tant d'illustrations et de richesses, que son adoption allait augmenter encore, trouvait dans cette savante compagnie, comme je pourrais trouver parmi vous, Messieurs, des orateurs sacrés , dont la voix éloquente annonçait les vérités évangéliques à une foule attentive, charmée et persuadée; des historiens savants qui joignaient toutes les recherches de l'érudition, tous les soins et les scrupules de l'exactitude à la politesse et l'élégance du langage ; des poètes illustres dans tous les genres, et dans ce genre surtout qui, enrichissant la double scène française, est si cher et si glorieux à la France ; des hommes d'état qui portaient dans les affaires publiques le double talent de bien parler et de bien écrire ; des esprits fins, je me sers ici de ses propres expressions, « des esprits fins, délicats, » subtils, ingénieux, propres à briller dans les conver- » sations et dans les cercles » ; car dans sa revue générale La Bruyère n'oublie aucun genre de mérite, et

(7)

l'Académie les comprenait tous alors , comme elle les renferme tous aujourd'hui. Enfin , ajoutait-il, « des cri- »tiques austères ». La Bruyère les loue incontestablement de cette austérité ; il n'est pas douteux que ce ne soit un éloge dans la bouche du peintre sévère des caractères et des mœurs de son siècle, et cet éloge , je ne puis pas me flatter qu'il me l'eût accordé, ainsi que bien d'autres, qui convenaient sans doute aux critiques qui siégeaient alors à l'Académie.

Mais j'oserai dire qu'à aucune autre époque de notre littérature cette partie de l'art d'écrire qui consiste à rappeler les règles du goût, à en invoquer l'applica- tion, à en observer les infractions , et à s'en plaindre ; à réprimer autant qu'il lui est possible le désordre des idées, et les irrégularités du style ; et qui, s'élevant même à de plus hautes considérations , et saisissant le lien qui unit souvent les vérités littéraires aux vérités morales et à toutes les idées d'ordre, de raison et de conve- nance, agrandit ainsi sa sphère, donne à ses observa- tions et plus d'étendue et plus d'importance, n'a ja- mais exercé une plus heureuse influence et un plus utile empire qu'au commencement du siècle que nous parcourons.

A cette époque toutes les fausses doctrines en philo- sophie , en morale, en politique, en littérature, long- temps proclamées, régnaient audacieusement sur les esprits ignorants ou subjugués. Le vrai seul, dans tous les genres , n'avait plus ou presque plus d'inter- prètes ni de défenseurs, et la vérité eut alors un attrait qu'elle n'a pas toujours, celui de la nou- veauté; ce fut un grand avantage pour la critique, et elle en profita. Parlant à une génération nouvelle qui pendant la tourmente révolutionnaire n'avait rien appris, ou avait tout oublié, elle put tout lui dire, chargée pour ainsi dire de lui tout apprendre, tantôt répéter, tantôt réfuter ce qui avait été dit, juger ce qui avait été jugé, rétablir toutes les vraies doctrines, revenir sur tous les anciens écrivains et sur toutes les littératures, et mêler à ces questions pleines d'intérêt des discussions plus graves encore. C'est ainsi qu'elle devint, plus que dans tous les autres temps, un cours de principes littéraires, philosophiques, moraux et religieux, appliqué à une foule d'écrits anciens, modernes, contemporains, français et étrangers.

C'est une chose incontestable qu'à cette époque véritablement neuve, et peut-être unique dans les annales de la critique, elle excita une attention que jusque là elle n'avait point obtenue du moins au même degré. Fatigués des mauvaises doctrines, éclairés par leurs tristes résultats, les esprits accueillirent avec intérêt celles qui les ramenaient aux lois immuables de l'ordre et du goût. Accablés par le despotisme, leur ardeur se porta vers les Lettres, qui devinrent, autant et plus qu'à tout autre époque, une occupation générale et un attrait universel. On crut voir d'ailleurs dans les principes philosophiques et politiques de quelques-uns de ceux qui obtinrent le plus de célébrité dans ce genre, et dans leur respect et leur attachement pour les beaux siècles de notre littérature, étroitement liés avec les beaux siècles de notre monarchie, une sorte d'opposition à la révolution et à la tyrannie, et on leur en sut gré. Ainsi donc, par une sorte de réciprocité, les journaux excitèrent l'attention du public, et l'attention du public excita l'émulation des critiques : quand ils s'aperçurent qu'ils étaient beaucoup plus lus, ils firent plus d'efforts pour n'être pas trop indignes de l'être.

Je n'ai pas cru, Messieurs, que la petite part que j'ai eue à tout cela pût m'empêcher de vous en parler avec franchise.

Mais l'utilité et l'importance de la critique, sa gloire, et j'oserai dire celle des écrivains qui en firent l'objet constant de leurs études, seraient assurées par les noms illustres de ceux qui voulurent bien s'associer à leurs travaux. Les hommes qui s'étaient acquis la plus haute renommée littéraire, et ceux qui, jeunes encore, avaient droit d'y prétendre, ne dédaignèrent point d'entrer dans cette carrière, qui s'enrichit du double tribut de leur réputation et de leurs talents. La Harpe, qui avait vieilli dans l'exercice de la critique, termina sa vie en combattant dans les journaux ; il mourut comme il avait vécu, les armes à la main, défendant toujours les mêmes doctrines classiques et littéraires, et revenu à de meilleures doctrines philosophiques et religieuses. Il apporta dans ce genre polémique, qui s'agrandissait alors au gré de ses désirs, toutes les ressources d'une dialectique vigoureuse et quelquefois surabondante, toute l'âpreté d'un caractère nourri dans les querelles, toute la chaleur d'un esprit naturellement ardent, et qui, loin d'être refroidi par l'âge, était animé par une forte conviction de vérités long-temps méconnues. Un autre écrivain, dont l'Académie déplora la perte prématurée, M. de Fontanes, avec un goût non moins sûr, se distingua dans le même genre par plus de délicatesse et de grâce, plus de politesse et d'urbanité. Ses ouvrages de critique, éminemment remarquables par la réunion de ces qualités, par les excellentes doctrines littéraires qu'ils établissent et défendent, et par une élocution ornée, élégante, harmonieuse, sont restés les modèles du genre.

Mais, Messieurs, combien j'aperçois encore parmi

vous d'écrivains célèbres qui ont illustré la critique et honoré nos travaux. Les colonnes de nos journaux s'enorgueillirent souvent de morceaux échappés à la plume brillante du plus éloquent de nos écrivains. Ce talent flexible, qui s'élève et s'abaisse avec une si heureuse facilité, sublime sans effort, simple avec noblesse, tout-à-la-fois plein de force et de grâce ; ce talent enfin toujours original, soit que, déployant les richesses de l'imagination, il célèbre les beautés du christianisme, soit qu'avec l'éloquence douce et pénétrante du sentiment il touche le cœur et excite une tendre émotion dans l'âme en peignant les bienfaits de cette religion divine; soit qu'unissant aux formes sévères et rigoureuses du raisonnement l'agrément du style et l'élévation des pensées, il porte une vive lumière, et jette un vif éclat dans les discussions politiques, descendit de la hauteur ordinaire de son vol, et se plia au ton modeste de la critique littéraire. Pensant avec raison qu'il y a toujours assez de gloire à être utile, l'illustre auteur écrivit souvent dans les journaux ; c'est là qu'il attaqua courageusement le despotisme, et quelquefois même celui qui l'exerçait avec un redoutable génie ; c'est là qu'il rappela nos vieux souvenirs, célébra notre ancienne gloire, fut sensible à la nouvelle, et, panégyriste éloquent de tous les sentiments généreux, se montra toujours au premier rang et des meilleurs Français et des plus grands écrivains.

Le profond auteur de la *Législation primitive*, l'éloquent adversaire *du Divorce* écrivit plus souvent encore dans les journaux ; aucun écrivain n'y sema plus d'idées neuves et fécondes, n'y fit de rapprochements plus ingénieux, n'y découvrit tant de rapports fins et délicats, subtils quelquefois, mais plus souvent justes et vrais, entre des principes ou des erreurs qui semblent appartenir à des genres et à des ordres différents : personne ne rattacha mieux la littérature à la morale, l'une et l'autre à la politique, toutes les trois à la religion.

Que d'articles critiques et littéraires pleins de sel, de finesse, d'enjouement et de raison ne devons-nous pas à la plume élégante et spirituelle de l'auteur du *Printemps d'un Proscrit* et de l'*Histoire des Croisades* !

Tantôt dans les mêmes feuilles où j'écrivais, tantôt dans des feuilles rivales, quelquefois même ennemies, un des amis, dont je m'honore le plus parmi vous, Messieurs, et des plus chers à l'Académie par ses utiles travaux, son zèle académique et ses qualités personnelles, donnait les premiers et les plus incontestables témoignages de sa connaissance parfaite de notre littérature et de notre histoire littéraire, de ce rare discernement, de ce goût sûr, de cette sagacité exquise qui démêle le vrai et le faux, distingue le bon et le mauvais dans toutes les compositions littéraires ; de ce talent enfin d'exprimer des idées justes et souvent piquantes avec netteté, avec clarté, avec précision, dont il a donné tant de preuves au sein de cette Académie, et dans ses études approfondies et ses doctes commentaires sur le plus excellent de nos poètes comiques, et par conséquent de tous les poètes comiques. Le choix que vous avez bien voulu faire de lui pour me recevoir aujourd'hui parmi vous, Messieurs, et l'obligeance avec laquelle il s'y est prêté sont des titres de plus à ma reconnaissance et envers vous et envers lui ; il était difficile de me dédommager plus heureusement de l'honneur qui m'avait d'abord été destiné, et que des devoirs graves et sacrés m'ont ravi.

Enfin un de nos plus jeunes confrères, dont l'amitié ne m'est pas moins précieuse, dont la célébrité littéraire , commencée avant l'âge ordinaire par des triomphes obtenus au milieu de vous, Messieurs, et décernés par vous à des productions pleines d'éclat et de talent; agrandie par des ouvrages où un style remarquable par le goût, les grâces et l'atticisme , exprime et orne les pensées les plus justes et les plus ingénieuses, s'est encore accrue, s'il est possible, par d'éloquentes improvisations sur l'éloquence , au milieu d'une jeunesse studieuse, attentive et pleine d'admiration et d'enthousiasme, après avoir médit légèrement et spirituellement de la critique , se rangea aussi sous ses drapeaux. Nous nous sommes réjouis en le voyant entrer dans cette petite partie du temple du goût que doit occuper la critique , comme les dévots du paganisme se réjouirent de voir entrer dans un temple de Jupiter Epicure , qui avait médit des dieux.

Si , par une règle qui m'est sacrée, puisqu'elle n'est pas moins prescrite par toutes les lois de la bienséance et de la justice que par vos constants usages , une partie de ce discours n'avait une destination particulière à ce tableau très incomplet des services rendus par la critique , je ferais succéder celui des qualités qui doivent distinguer l'homme de lettres qui l'exerce. L'une de ces qualités les plus essentielles sans doute, l'étude constante des grands modèles de l'antiquité , et par conséquent la connaissance approfondie des deux langues savantes d'Athènes et de Rome , m'aurait naturellement ramené à l'éloge du respectable académicien auquel j'ai l'honneur de succéder; M. Villar fut en effet un des plus habiles humanistes de notre époque. Il fut l'un des membres les plus savants d'une congrégation savante , les Pères de la Doctrine Chrétienne. Elevé moi-même dans deux collèges dirigés par leurs soins , et ayant trouvé en eux d'excellents maîtres, parmi lesquels, après tant d'années et d'évènements, je pourrais me flatter encore de trouver quelque ami, je m'applaudis de pouvoir faire éclater dans une circonstance solennelle , et dans l'éloge de l'un d'eux , le mérite du corps entier et ma particulière reconnaissance.

M. Villar professa plusieurs années la rhétorique avec beaucoup d'éclat à Toulouse , où le corps dont il étoit membre possédait un collège célèbre. Toulouse est une ville à la fois savante et spirituelle : c'est là que fut fondée la première Académie du royaume , que furent donnés les plus éclatants et les plus unanimes applaudissements aux poètes, les premiers prix et les premiers encouragements aux lettres. L'Académie des Jeux Floraux , me permettrez-vous , Messieurs, cette comparaison qui lui est infiniment flatteuse , est pour le midi de la France ce que l'Académie française est pour la France entière : elle a aussi ses solennités , ses fêtes, ses jugements littéraires et ses récompenses accordées aux talents. La nature même de ces climats riants , le génie de ces peuples vifs et animés , les souvenirs vrais , fabuleux , romanesques que réveillent l'origine de leur Académie et Clémence Isaure sa fondatrice ; les troubadours, les *Docteurs de la Gaie Science* , qui les premiers obtinrent l'Amaranthe, l'Eglantine, ou, comme le disent leurs vieilles chroniques, *les Joies de la Violette d'or fin* ; le bruit des applaudissements et des fanfares, l'enthousiasme qui saisit les spectateurs, les candidats , les juges eux-mêmes , et surtout les femmes, dont la sensibilité, plus exquise, se déclare par des transports plus expressifs , s'il faut en croire Marmontel, qui peut-être s'est vanté ; enfin le Capitole, où sont couronnés les poètes, et la Garonne qui les voit couronner , impriment à ces fêtes littéraires un caractère de joie et d'allégresse qu'elles n'ont point sur les bords de la Seine, où tout se passe avec un calme plus réfléchi et une dignité peut-être un peu froide. Un professeur de rhétorique à Toulouse ne peut guère se dispenser de porter son tribut à l'Académie des Jeux Floraux ; c'est dans cette ville surtout qu'il doit être ou orateur ou poète : M. Villar, qui était l'un et l'autre, ambitionna le prix le plus brillant de ces concours célèbres, celui de la poésie lyrique, l'obtint, et devint un des membres de l'Académie qui venait de le couronner.

Du collège de Toulouse M. Villar passa à celui de la Flèche, le plus magnifique des établissements qui étaient confiés aux Pères de la Doctrine Chrétienne; il y professa aussi la rhétorique, puis il en devint le chef. Il occupait ce poste lorsque la révolution éclata, et séduisit tant de cœurs généreux par ses illusions et ses espérances. M. Villar s'y laissa surprendre avec toute la confiance d'une âme pure. Il était respecté et adoré de ses nombreux élèves, estimé et chéri de leurs nombreux parents, répandus dans toute la France. La réputation de sa sagesse, de ses lumières, de ses vertus avait depuis long-temps franchi les murs de son collège, et lui donnait un grand crédit, surtout dans la province où était située l'école célèbre dont il était le directeur : cette considération publique fut un écueil, ses vertus mêmes furent un piège; tout ce qu'il y a de séduisant dans les suffrages, l'empressement, les instances de ses concitoyens, et une séduction plus grande encore pour un cœur honnête, l'espoir de faire le bien, l'entraînèrent dans la seule démarche qui lui ait été reprochée.

J'éloignerai de vos regards , Messieurs, le spectacle
de ces temps de discordes et de crimes ; je sacrifierai
même, au désir de vous épargner un si triste tableau et
de si affligeants récits, une partie de l'éloge de M. Villar,
qui, dans l'évènement le plus atroce de la révolution,
puisa dans l'horreur du crime et le sentiment de ses
devoirs une énergie dont ceux-là seuls ne lui tiendraient
pas compte qui ignoreraient ou auraient oublié les
périls et les fureurs de cette affreuse époque. Sa timi-
dité naturelle augmente encore le mérite d'une con-
duite dont se montrèrent incapables beauconp d'hommes qu'on aurait jugés d'un courage plus ferme et d'un
caractère plus vigoureux et plus fortement trempé :
avant beaucoup d'autres encore il s'éleva contre l'horrible faction, à la vérité vaincue, mais encore mena-
çante, et il plaignit devant elle les victimes qu'elle
avait faites lorsqu'elle pouvait en faire de nouvelles, et
qu'elle n'en avait perdu ni l'espoir, ni surtout la vo-
lonté. Les premiers sentiments de sa pitié généreuse,
et ce n'est pas dans cette assemblée qu'on se plaindra
de cette prédilection et de cette préférence , se portè-
rent sur les gens de lettres , les savants et les artistes,
qu'on s'obstine à regarder comme partisans des révolu-
tions, et qui cependant sont toujours si cruellement
traités par les révolutionnaires. Il fit accorder un nombre considérable de pensions à des hommes estimables
pris dans ces trois classes , et qui avaient été dépouillés
et ruinés par les lois barbares du temps, aux veuves de
ceux qui, plus malheureux encore, avaient péri sur
les échafauds, aux descendants de quelques hommes
illustres qui avaient honoré les lettres et la monarchie
dans des temps dont on aurait voulu abolir la mémoire.

Forcé de respecter la vie et quelquefois même la liberté

des hommes, le vandalisme se vengeait sur les établissements littéraires, sur les monuments des sciences et
des arts, s'efforçait de les faire disparaître et conjurait
leur ruine. M. Villar s'opposa avec un zèle infatigable
à ces efforts destructeurs : c'est par ce zèle que fut con-
servé le Collége de France, ce monument élevé dans le
seizième siècle aux lettres et aux sciences par un monarque qui les aima et les protégea constamment, et
qui par cette protection racheta aux yeux de la postérité les fautes et les malheurs de son règne, que fut
rendue à son utile et magnifique destination la Biblio-
thèque royale, que fut arrachée à la cupidité du fisc la
dotation de l'Académie de Turin ; et le portrait de
M. de Villar, placé dans la salle où se rassemblent les
académiciens, atteste tout à-la-fois et son bienfait et
leur reconnaissance.

Sa carrière avait commencé par d'utiles travaux
dans l'instruction publique ; elle s'est à-peu-près
terminée dans les mêmes soins et les mêmes occu-
pations ; son nom se rattache à tous les essais, à tous
les plans qui furent faits pour reconstruire cette partie
importante de l'édifice social, qui resta plusieurs années ensevelie sous les décombres de la monarchie. La
création de l'Université fut enfin l'heureux terme de
plusieurs tristes et infructueuses tentatives : placé dans
les premiers rangs de cet illustre corps, M. Villar y trouva
tout à-la-fois et la récompense de ses anciens services,
et le moyen, qu'il ne laissa point échapper, d'en rendre
de nouveaux.

Mais, Messieurs, quelque distance infinie qu'il y ait
entre les écoles élémentaires et les compagnies savantes,
et particulièrement l'Académie française, un lien cependant les attache et les unit : les premières sont l'es-

pérance des lettres, les autres en sont le dernier terme, le plus puissant encouragement, la plus haute récompense, la décoration et la gloire. M. Villar, qui saisissait ces rapports, fut un des hommes qui contribua le plus à l'établissement de l'Institut, arbre utile et fécond qui doit porter tous les fruits des sciences, des lettres et des arts, et dont l'Académie française est un des plus brillants rameaux. C'est là surtout, Messieurs, ce qui rendra sa mémoire toujours chère à cette illustre et savante compagnie. Au titre de fondateur de l'Institut, qui lui est dû jusqu'à un certain point, et à d'autres titres encore, il méritait d'en faire partie, et il en fut un des membres les plus assidus et les plus zélés.

C'est dans vos *Mémoires* qu'il a déposé les compositions littéraires qui nous restent de lui; elles consistent en rapports sur les ouvrages adressés à l'Institut, en pieux hommages rendus à la mémoire de quelques confrères, dont il déplore la perte, enfin dans la traduction en vers de deux morceaux célèbres et assez étendus de l'Iliade; les supplications de Patrocle, qui touchent et amollissent le cœur du fier Achille (chant XVI), et les regrets du héros après la mort de Patrocle (chant XVIII). Dans ses rapports sur les ouvrages M. Villar se borne à montrer de l'exactitude et de l'instruction; il ne cherche point à plaire, ce qui vaut mieux que de chercher et de ne pas réussir. Ses discours funèbres ont aussi beaucoup de simplicité et peu d'éclat; mais il y a un vrai mérite dans les deux fragments en vers français de l'Iliade, surtout dans le premier : on y distinguera particulièrement celui du naturel et de la facilité, qualités toujours précieuses, mais surtout dans la traduction du chef-d'œuvre de la poésie antique. Serait-il donc vrai que le sentiment profond et éclairé des beautés d'Homère fût, s'il m'est permis de parler ainsi, comme une seconde et heureuse nature, qui peut assez enrichir la première, pour donner du talent ou plus de talent à ceux qui n'en auraient reçu qu'un médiocre en partage?

La plus belle partie de l'éloge de M. Villar me resterait à faire, Messieurs, puisque je n'ai pas parlé de son caractère doux et modeste, de son obligeance inépuisable, de ce tendre intérêt qu'il ne cessa de porter à la jeunesse studieuse et aux maîtres laborieux qui se vouaient à l'instruction publique ; l'Université est pleine de ces souvenirs. Mais bientôt un pinceau plus habile finira ce portrait, que je ne fais qu'ébaucher; l'ingénieux et élégant orateur qui va parler après moi achèvera cet éloge si imparfait, et complètera cet hommage que je rends à la mémoire de mon prédécesseur : son confrère à l'Académie depuis plus de dix ans, il a pu mieux apprécier ces qualités douces, sociales, aimables, bienveillantes qui n'ont point d'éclat, mais qui rendent l'homme si recommandable, et qui ne peuvent être bien connues, bien jugées que par les communications fréquentes et les relations habituelles que donne le commerce du monde ou des lettres.

Je veux toutefois me réserver encore le soin et le plaisir de faire éclater les sentiments qui animèrent M. Villar, dans ces dernières années, à une grande et heureuse époque de notre histoire : si, trompé dans sa candeur et sa bonne foi par de décevantes apparences, il avait applaudi aux commencements de la révolution, il en vit le terme et la fin avec une sincère satisfaction; son cœur vraiment français sentit avec une vive émotion que la France allait enfin respirer de tant de tyrannies et d'oppressions successives, et même de tant de victoires meurtrières et de gloire sanglante, dans les bras paternels de cette auguste famille qui depuis si long-temps avait fait et partagé ses destinées : il fut comblé de joie à la rentrée de ces princes que tant d'heureux souvenirs, tant de qualités personnelles, et, pour me servir de l'expression du plus éloquent de nos orateurs, *ce je ne sais quoi d'achevé que le malheur ajoute à la vertu*, recommandait à nos respects et à notre amour. Vous vous rappelez, Messieurs, et les contemporains ne l'oublieront jamais, et ils le transmettront avec la plus vive sensibilité à la postérité la plus reculée, que le premier des Bourbons que la capitale eut le bonheur de posséder dans ses murs est le roi que nous chérissons aujourd'hui sur le trône. Quel vif enthousiasme, quelle allégresse universelle, quels transports unanimes du peuple ! Quelle grâce aimable et chevaleresque du prince ! Quels mots heureux sortis de sa bouche, et les plus heureux qu'aient inspirés à l'esprit français ces moments de bonheur si propres à l'exalter ! Ainsi s'annonça, ainsi fut accueilli ce fils de Saint Louis et d'Henri IV, digne du premier par sa piété, du second par sa gaieté et ses réparties spirituelles, de l'un et de l'autre, et de tant d'illustres monarques ses aïeux, par son zèle pour le bonheur et la gloire de la France, et pour la prospérité des lettres, qui forment une des plus brillantes parties de cette gloire.

RÉPONSE DE M. AUGER AU DISCOURS DE M. DE FELETZ.

MONSIEUR,

M. l'Archevêque de Paris devait présider en partie cette séance, et répondre au discours que vous venez de prononcer ; mais, engagé depuis plusieurs semaines dans une suite de fonctions pastorales qui absorbent toutes ses méditations et consument tous ses instants, ce Prélat, si cher à son troupeau, si cher à l'Académie elle-même, s'est vu dans l'impossibilité de satisfaire à la juste impatience que vous aviez de venir siéger parmi nous, et à celle que nous avions nous-mêmes de vous voir enfin participer à nos travaux. En renonçant à ce devoir académique il a fait (j'en ai pour garant ses paroles mêmes), il a fait un des plus pénibles sacrifices que pussent exiger de lui les devoirs graves et impérieux de son état. Un de nos plus respectables confrères, M. le comte de Cessac, devait, en qualité de Chancelier, suppléer M. l'Archevêque de Paris ; mais l'état de sa santé ne lui a point permis de se livrer à un travail qu'il fallait précipiter, et il a exprimé à ce sujet des regrets nobles et touchants, auxquels tous les nôtres ont répondu. Ces explications, simples et franches comme la vérité, m'ont paru nécessaires pour que le public, qui s'empresse à nos solennités, apprenant pourquoi j'exerce des fonctions qu'il s'attendait à voir en de meilleures mains, se résigne à cette espèce de fatalité comme je m'y suis résigné moi-même. L'Académie a voulu qu'aujourd'hui son secrétaire devînt son orateur ; je n'ai songé qu'à obéir. Quand on remplit un devoir on n'en doit point examiner les conséquences pour soi-même. Je vois à côté de qui je parle et à la place de qui je vais parler : les comparaisons que ne peut manquer d'amener cette double circonstance seraient bien faites sans doute pour inquiéter mon amour-propre ; mais j'ai déposé d'avance toute prétention, et je me confie à l'indulgente bienveillance dont j'ai déjà reçu plus d'une marque en cette enceinte. A la place que j'occupe en ce moment la brièveté est toujours une convenance, le temps m'en a fait une nécessité ; je ne demande donc point qu'on me pardonne d'être court, heureux si l'on veut bien ne m'en pas savoir trop de gré !

L'excellent homme que vous remplacez parmi nous, Monsieur, méritait vos éloges comme il a mérité nos regrets. Vous avez peint de couleurs douces et vraies sa longue vie remplie d'actions honnêtes et utiles ; cette vie qui ne fut, pour ainsi dire, que le développement uniforme d'un seul et même principe, l'amour du bien, incessamment appliqué aux objets que le sort avait mis à sa portée. L'instruction publique, vous en avez fait la juste remarque, fut l'objet principal, l'objet presque continuel de ses travaux, de ses soins, de ses sollicitudes : il employa les forces de sa jeunesse aux fonctions laborieuses de l'enseignement ; pour prix de ses succès il obtint dans son âge mûr la direction d'un vaste et célèbre établissement ; enfin il concourut dans sa vieillesse, par les conseils d'une sage expérience, à la création de cette Université de France, dont le vénérable chef siège au milieu de nous, et à laquelle vous appartenez vous-même, Monsieur, par des fonctions qui ne peuvent être confiées qu'au zèle le plus éclairé pour les lettres, les mœurs et toutes les saines doctrines.

Arraché aux paisibles travaux de l'instruction, et jeté sur le plus fameux théâtre de nos fureurs politiques, M. Villar ne mêla jamais sa voix aux seules voix qui pussent alors se faire entendre ; les échos les plus fidèles de ces temps désastreux n'ont pas eu à redire une de ses paroles. Dans nos temps, où l'on ne peut nier que du moins la liberté de parler n'existe tout entière, et qu'il n'en soit fait un usage bien étendu, on a peine à concevoir que le silence ait jamais pu être courageux, et l'on est tout prêt à le flétrir d'une épithète contraire. Félicitons notre époque de ne pas comprendre cette vertu des jours de sanglante oppression ; mais ne soyons pas injustes envers les hommes qui l'ont pratiquée au péril de leur vie : se taire alors c'était parler, et parler contre des tyrans qui soupçonnaient tout, et n'épargnaient rien de ce qu'ils avaient soupçonné. Ce silence, qu'on aurait tort d'appeler prudent, et au-dessus duquel on ne peut mettre que l'héroïsme, hélas inutile ! qui fit proférer quelques paroles toujours punies d'une mort prompte, ce silence M. Villar le rompit une fois, et l'histoire ne l'oubliera point. J'imiterai, Monsieur, la louable réserve qui vous a fait passer rapidement sur une horrible catastrophe dont il serait à souhaiter que la mémoire pérît parmi nous, si au souvenir d'un grand crime n'était lié celui des plus magnanimes vertus ; je me contenterai de dire après vous que M. Villar, s'élevant par la force du devoir au-dessus des circonstances et de lui-même, ne craignit pas d'émettre le vote le plus favorable au malheureux Monarque, celui qui, protégeant d'abord sa vie, assurait sa liberté pour un terme dont la durée devait dépendre des soutiens mêmes de sa cause.

Hâtons-nous d'échapper à ces temps de douloureuse

mémoire, et de montrer M. Villar, dans des jours devenus plus doux, donnant des marques plus faciles et plus heureuses de cet amour du bien qui ne l'abandonna jamais. Les autels des muses avaient été renversés, ou des furies s'y étaient assises à leur place. Quelques restes du feu sacré vivaient encore sous les débris entassés par une barbarie raffinée et systématique, plus habile à détruire que la barbarie grossière et aveugle.

M. Villar recueillit ces étincelles et les ranima. N'exagérons rien ; ce n'est pas dans la patrie des Français, à la fin du dix-huitième siècle, que le culte des lettres pouvait être aboli sans retour ; on peut même prédire que, quoi qu'il arrive, il n'y périra jamais : mais soyons justes aussi ; sa prompte restauration dut beaucoup aux efforts de M. Villar, efforts persévérants, qui avaient à vaincre des résistances politiques. La Convention, satisfaite d'avoir brisé le pouvoir qui la décimait, et bientôt effrayée des suites de sa victoire, craignait tout acte réparateur comme un pas rétrograde vers la royauté : membre et quelquefois rapporteur de son comité d'instruction publique, M. Villar ne se lassait pas de plaider la cause des lettres et de ceux qui les cultivent ; à sa voix des établissements littéraires qui avaient été détruits se relevèrent de leurs ruines ; d'autres qui restaient menacés échappèrent à la destruction. A sa voix encore des écrivains, des savants, des artistes, avancés en âge et dépouillés des épargnes lentement amassées en des temps plus favorables, obtinrent des secours qui soulagèrent leur honorable détresse ; d'autres, plus jeunes, reçurent des encouragements qui leur permirent de se livrer à d'utiles entreprises avec une ardeur moins distraite par le besoin. M. Villar, qui avait dans le cœur cette tolérance, cette humanité qui est de l'essence des lettres, n'hésita point de proposer à la munificence de l'assemblée des hommes de toutes les opinions, de tous les partis, confondus dans une même liste par l'égalité du malheur et la communauté des travaux.

Ces mêmes faits, que j'ai rapidement esquissés, vous les avez racontés, Monsieur, avec une élégante et noble simplicité; je ne les ai rappelés moi-même, en des termes plus abrégés et moins heureux sans doute, que pour unir mon témoignage au vôtre, et commencer ainsi à m'acquitter du pieux tribut que je dois à la mémoire de votre prédécesseur. Il me reste à le peindre en peu de mots tel que m'ont mis à même de le voir dix années d'une douce confraternité, et les rapports fréquents que me procuraient avec lui nos communs travaux pour l'achèvement du Dictionnaire de la langue.

Le mérite de M. Villar n'avait ni l'éclat qui impose, ni la grâce qui séduit; c'était un de ces mérites solides et paisibles, qui, formés dans l'obscurité des classes, ou dans l'ombre du cabinet, ignorent l'art de se produire au grand jour. La simplicité de son âme respirait dans ses discours, que n'animait aucune ambition de succès, que n'aiguisait aucune intention malicieuse. Sa modestie, bien réelle d'ailleurs, l'empêchait de se confier assez en lui-même pour tirer parti et, à plus forte raison, avantage de ses talents et de ses lumières. Nous avons entendu plusieurs fois demander quels étaient ses titres pour siéger parmi nous, et douter qu'il en eût de suffisants; nous répondrons tous, d'une commune voix, que sa place était marquée à bon droit dans une compagnie instituée pour veiller à la pureté du goût et à celle du langage. Sur ce dernier point il était d'une sévérité peut-être excessive; craignant les altérations de la langue , il allait quelquefois jusqu'à en redouter les progrès , et il avait pour les décisions de nos devanciers un respect quelque peu superstitieux. Vous l'avez dit avec raison, Monsieur , il possédait parfaitement les deux langues savantes, base nécessaire de toute éducation lettrée ; mais il avait pour le grec une prédilection sensible , et l'on pouvait même croire qu'il l'avait plus particulièrement étudié. Cette connaissance nous était précieuse ; lorsque dans nos discussions il s'agissait de déterminer le vrai sens d'un mot emprunté ou formé du grec, sa mémoire lui fournissait, avec une promptitude et une sûreté rares à tout âge , les éléments étymologiques propres à fixer notre opinion. Amoureux de cette belle langue, était-il étonnant qu'il se fût passionné pour le grand poète qui l'a parlée avec le plus de sublimité? J'aurai toujours présent à la mémoire le jour où , cédant à de pressantes instances , il consentit à réciter devant nous des morceaux de cette traduction de *l'Iliade*, dont quelques autres fragments ont reçu , Monsieur, vos justes éloges. Nous étions tous convaincus qu'il avait approfondi les secrets de la langue d'Homère ; mais peu de nous croyaient qu'il eût su pénétrer dans les secrets de son génie, et nous aurions plutôt attendu de lui de savantes scolies sur *l'Iliade* qu'une traduction en vers , animée du feu de l'original. Nous fûmes agréablement détrompés, et ce bon vieillard reçut avec une joie modeste les témoignages d'une satisfaction qui avait quelque peine à se défendre d'un certain air d'étonnement. Qu'on nous pardonne d'insister sur ces détails; c'est un confrère que nous avons perdu; nous nous plaisons principalement à rappeler celles des particularités de sa vie dont nous avons été les témoins , celles de ses qualités qui étaient le plus à notre connaissance, nous pourrions presque dire à notre usage. Ce zèle académique, qu'affaiblissent aujourd'hui tant d'impérieuses distractions, subsista chez lui dans toute sa force jusqu'aux derniers moments de son existence. Il aimait l'Académie comme on aime sa famille; ni l'intempérie des saisons, ni ces fréquentes incommodités qu'elles joignent aux maux ordinaires de l'âge, ne l'empêchaient de se rendre à nos séances; il y était le plus exact, le plus assidu, et sa première absence peut-être eut pour cause la courte maladie qui devait nous priver à jamais de sa présence.

Il vous appartenait, Monsieur, de redire les travaux de la critique, les services qu'elle a rendus, la hauteur où elle s'est élevée, l'éclat qu'elle a jeté durant cette longue période, commencée par la chute du pouvoir révolutionnaire, et terminée par celle du despotisme; c'était raconter votre propre histoire, préparer, sans le vouloir, votre éloge, et me laisser le plaisir facile d'une application que chacun a déjà faite en vous écoutant. L'homme prodigieux qui, à l'époque dont je parle, reconstruisait parmi nous l'ordre social à son profit, croyait ne pouvoir accomplir sa tâche qu'en nous désarmant de toutes nos libertés. Celle de traiter de matières exclusivement littéraires nous fut seule laissée; et les esprits les plus distingués tournèrent vers ces objets toute l'activité de leur pensée. D'anciens ouvrages furent remis en lumière, qui étaient nouveaux pour les générations récentes dont la révolution avait interrompu les études; de nouvelles productions parurent, dont quelques-unes respiraient les maximes coupables ou insensées des temps qui venaient de s'écouler. Du besoin universellement senti d'éclairer l'ignorance et de combattre l'erreur naquirent sponta-

nément quelques associations d'écrivains périodiques ,
qui se donnèrent cette mission, et la remplirent avec
un succès inespéré. J'en atteste les souvenirs de la plupart de ceux qui m'entendent; dans ce silence p'ofond
de la politique, qu'interrompait seulement dans nos
cités le bruit de la chute de quelque trône, ou le ca-
non, écho de quelque grande victoire, un article de
critique littéraire dans une feuille estimée était l'évé-
nement du jour et l'aliment de toutes les conversations.
La feuille qui recevait les vôtres, Monsieur, et qui conti-
nue de s'en enrichir, devint une véritable puissance : elle
dirigeait, on pourrait aller jusqu'à dire, elle maîtrisait
l'opinion, qui semblait craindre de se prononcer avant
elle ; elle donnait la vie ou la mort aux ouvrages ; elle
faisait ou défaisait les réputations. Quelques abus sont
inséparables d'un grand pouvoir; et quand ce pouvoir
s'exerce aux dépens des amours-propres il suscite des
inimitiés nombreuses ; mais le jour de la justice arrive
pour tous, et tout enfin est remis à sa place. Le journal
célèbre, dans lequel j'aime à me souvenir que mes articles parurent pendant plusieurs années à côté des
vôtres, peut se rendre ce témoignage qui ne lui sera
refusé par personne, que presque tous les vrais talents
de l'époque ont dû quelque chose de leur mérite à ses
conseils, quelque chose de leur renommée à ses éloges ;
et un petit nombre de bons écrivains, qui furent plus
particulièrement en butte à ses rigueurs, ont vu con-
firmer par cette épreuve même la solidité de leurs
titres à l'estime publique.

La critique, soit qu'elle s'étende à loisir dans des
pages destinées à devenir un livre, soit qu'elle impro-
vise brièvement ses arrêts dans des feuilles éphémères,
doit toujours être le discernement du bien et du mal

dans les ouvrages d'esprit, l'éloge des beautés et le blâme des défauts, l'un et l'autre également équitables, également motivés ; mais la critique, sous la forme expéditive et sommaire qui convient aux journaux, a ses conditions spéciales, dont les unes sont des mérites et des avantages sans doute, mais dont les autres sont des inconvénients, des dangers et des pièges. Les bornes étroites du cadre où se placent vos jugements vous forcent à presser vos idées et à serrer votre style ; mais, faute de développements, de modifications, vos plus justes décisions peuvent prendre une forme tranchante, qui, blessant trop l'amour-propre, semble quelquefois blesser l'équité même. La rapidité obligée de ce genre de travail, quand elle est secondée par un esprit prompt et une plume facile, donne à la diction un air libre et dégagé qu'elle a rarement dans les écrits tracés avec plus de lenteur ; mais cette même précipitation est exposée à laisser en courant échapper des négligences, des erreurs que relève avec joie un auteur avide de se venger en présence d'un public qui se plaît au spectacle de ces représailles. Le jugement des écrivains vivants, ordinaire attribution du critique quotidien, a quelque chose de personnel qui produit de plus fortes impressions et qui excite un plus vif intérêt ; mais tandis que la louange fait des ingrats la censure fait des ennemis, et le lecteur malin, d'un goût tout contraire à celui des auteurs, trouve toujours que l'une est trop insipide sans jamais trouver que l'autre soit assez piquante.

Si je me suis arrêté, Monsieur, à marquer les écueils de la carrière où vous vous êtes signalé, c'est que j'avais à dire que vous les avez presque tous évités avec une rare habileté : une raison saine et une âme droite ont été vos guides, et votre plume fidèle n'a pas plus trahi les inspirations de votre esprit que les mouvements de votre conscience, aussi vos articles furent de tous temps remarqués entre les plus remarquables. Goûtés des gens de lettres par la solidité des principes, l'exactitude des jugements et les heureuses qualités du style, ils ont paru, de tous peut-être les plus propres à plaire aux gens du monde, que charment ce don d'une plaisanterie à la fois naturelle et fine, douce et piquante, de bon ton et de bon goût, qui égaie le savoir et assaisonne la raison, et par qui l'ignorance heureusement trompée reçoit l'instruction en croyant n'accepter que le plaisir; ce talent de badiner sans futilité, de raisonner sans pesanteur et de décider sans air de suffisance; enfin cet art si difficile de rendre la louange agréable à ceux qui n'en sont pas l'objet, sans lui ôter de sa douceur pour ceux qui la reçoivent, en plaçant à côté d'un juste éloge la restriction non moins juste qui, si j'ose ainsi parler, ajoute à son poids ce qu'elle retranche de son étendue.

L'Académie, Monsieur, n'est pas seulement une collection d'écrivains qu'ont placés les uns auprès des autres des titres littéraires diversement égaux ; c'est aussi une réunion d'hommes qui sont liés entre eux par les mêmes goûts, et qui trouvent une grande douceur dans des communications personnelles dont rien n'altère la cordialité : parmi nous des paroles violentes sembleraient aussi déplacées que pourraient l'être de graves erreurs de jugement, ou de grossières fautes de langage ; on peut dire des unes comme des autres qu'elles ne sont point académiques. En entrant dans cette compagnie, Monsieur, vous vous y voyez accueilli par quelques anciens amis; j'ose vous prédire qu'en peu de temps la sûreté de votre commerce, l'égalité de votre humeur, la modération de vos discours, et la politesse de vos manières, vous y auront fait des amis nouveaux de presque tous vos autres confrères.

Je n'emploierai ni transition, ni circuit de paroles pour arriver à l'éloge d'un prince qui est l'objet de toutes nos pensées, à qui nous rapportons le mérite de tous les biens dont nous jouissons, en qui nous nous confions dans tous les maux qui peuvent nous menacer ou nous atteindre; parlant en ce même lieu au nom de l'Académie, j'ai le premier salué les riantes espérances de son règne naissant, et plus tard, dans une circonstance pareille, j'ai fait voir la France répondant par des cris d'allégresse aux augustes serments de son sacre. Les promesses de Charles X sont inviolables, et ses vertus sont incorruptibles : les sentiments de confiance et d'amour que les unes et les autres nous inspirent ne peuvent de même ni défaillir ni s'altérer ; heureux de les éprouver toujours, il nous sera toujours doux de les exprimer.

IMPRIMERIE DE BÉTHUNE, RUE PALATINE, N. 5.